Ernst Lesser

Osteosarkom der Tibia

Antigonos

Ernst Lesser

Osteosarkom der Tibia

Unveränderter Nachdruck der Originalausgabe von 1882.

1. Auflage 2024 | ISBN: 978-3-38651-668-6

Antigonos Verlag ist ein Imprint der Outlook Verlagsgesellschaft mbH.

Verlag: Outlook Verlag GmbH, Zeilweg 44, 60439 Frankfurt, Deutschland info@outlook-verlag.de
Vertretungsberechtigt: E. Roepke, Zeilweg 44, 60439 Frankfurt, Deutschland
Druck: Libri Plureos GmbH, Friedensallee 273, 22763 Hamburg, Deutschland

Osteosarkom der Tibia.

Inaugural-Dissertation

verfasst und der

hohen medicinischen Facultät

der

kgl. Julius-Maximilians-Universität Würzburg

zur

Erlangung der Doctorwürde

in der

Medicin, Chirurgie und Geburtshülfe

vorgelegt von

Ernst Lesser

aus

Lensahn (Holstein).

Würzburg.

Becker's Universitäts-Buchdruckerei.

1882.

Referent:

Herr Professor Dr. von Bergmann.

Seiner lieben Mutter

in

Dankbarkeit und Verehrung

gewidmet

vom Verfasser.

Bis in die neueste Zeit hat über keine einzige Gruppe von krankhaften Geschwülsten bei Chirurgen und Anatomen eine solche Verwirrung geherrscht, als über die Sarkome. Unter diesem Namen, mit dem man schon zu *Galens* Zeiten das krankhafte Wachsthum des Fleisches in der Nasenhöhle, also die Polypen, bezeichnete, wurde mit der Zeit Alles zusammengeworfen, was man in den übrigen Geschwulstgruppen, namentlich dem Scirrhus, den Balggeschwülsten und Exostosen nicht unterzubringen wusste. Am weitesten ging in dieser Hinsicht zu Anfang dieses Jahrhunderts *Albertnethy*, welcher fast alle Tumoren, mit Ausnahme der Balggeschwülste, mit diesem Namen belegen und diese Hauptgruppe dann wieder in Unterabtheilungen trennen wollte. Sein Versuch, auf diese Weise eine deutliche Scheidung der Geschwulstarten, welche hier in Betracht kommen konnten, anzubahnen, fand jedoch durchaus nicht bei allen Forschern Anklang, vielmehr wurde von vielen der Vorschlag gemacht, den alten unpassenden Namen „Sarkom" ganz abzuschaffen. Die letzteren Aerzte erreichten aber mit ihren Bestrebungen nicht mehr als *Albertnethy*, weil sich zu viel Uebergangsformen einer Geschwulstgruppe in die andere fanden, welche man nirgends anderswo, als bei den Sarkomen unterzubringen wusste.

Die ungeheure Verwirrung, welche über diese Neubildung herrschte, wurde hauptsächlich dadurch herbeigeführt, dass man nicht so sehr den histiologischen Bau,

als die klinischen Eigenschaften der Geschwülste in's Auge
fasste. Dies war namentlich die Veranlassung zu der Ansicht, dass das so bösartige Eigenschaften zeigende Sarkom
sich in ein Carcinom umwandeln könne. Ein scheinbarer
Grund für diese Annahme lag in der ausserordentlichen
Neigung des Sarkoms, die mannigfachsten Veränderungen
je nach der Beschaffenheit des Muttergewebes, in welchem
es entstanden, einzugehen und besonders gleich dem Krebs
fettig zu degeneriren und zu ulceriren.

Erst mit dem Aufblühen der pathologischen Anatomie
durch *Virchow* begann man, wie über so viele andere
Krankheiten, so auch über das Sarkom sich eine bestimmte
anatomische Anschauung zu bilden und dasselbe möglichst
genau von den übrigen Geschwulstgruppen zu trennen.
Bei den deutschen Forschern versteht man jetzt nach
Virchow's Vorgang unter Sarkom eine Neubildung, deren
Gewebe zu den Bindesubstanzen gehört, sich aber von den
übrigen Formen derselben durch die vorwiegende Entwickelung seiner zelligen Elemente unterscheidet. Trotzdem *Virchow* auf diese Weise das Sarkom genau definirt,
gibt er doch zu, dass es viele Mischformen desselben mit
anderen Geschwülsten gibt, doch nur in der Art, dass in
dem gemeinsamen Muttergewebe ein Theil des Tumor sar-
komatös, der andere z. B. myxematös oder carcinomatös sei.

Unter der früher herrschenden Verwirrung haben
besonders die Osteosarkome zu leiden gehabt. Dieser Name
für eine bestimmte Knochengeschwulst ist freilich lange
nicht so alt, als der des Sarkoms der Weichtheile, sondern
wurde früher durch andere, namentlich die spina ventosa
und das Osteosteatom ersetzt, oder man nannte es einfach
eine maligne Exostose.

Alle diese Namen, welche für unser jetziges Sarkom
gebraucht wurden, bezeichneten jedoch nicht nur Knochengeschwülste, sondern auch verschiedene entzündliche Vor-
gänge an den Knochen. Besonders wurde in dieser Hinsicht die spina ventosa missbraucht. Verschiedene Forscher,
namentlich *Lobstein, Rockitansky* und *Paget* machten frei-

lich schon vor *Virchow* Versuche, das Osteosarkom von den übrigen Knochengeschwülsten zu trennen, jedoch ohne wesentlichen Erfolg. Besonderes Gewicht legt *Virchow* auf den Unterschied zwischen Osteosarkom und Sarkom der Knochen, die von Vielen nicht streng auseinander gehalten werden und nennt Osteosarkom lediglich ein ossificirendes Sarkom der Knochen im Gegensatz zu den weichen Formen derselben.

Das Verdienst *Virchow's*, diese Knochengeschwulst genau definirt zu haben, gewinnt dadurch so grosse Bedeutung, dass eine präcise Erklärung des Begriffs Sarkom nicht nur von rein histologischem Interesse ist, sondern auch in klinischer Beziehung die weittragendsten Folgen hat.

Diese so maligne Geschwulst ist nämlich von allen Knochentumoren bei weitem am häufigsten. Erst nach dem Osteosarkom kommen in der Reihenfolge der Häufigkeit ihres Vorkommens die Osteome, Chondrome, Osteochondrome, Fibrome und Myxome.

Durch die Güte meines hochverehrten Lehrers, des Herrn Professor *von Bergmann*, wurde mir ein im Wintersemester 1881/82 in der chirurgischen Abtheilung des Juliusspitals zur Beobachtung gekommener Fall überlassen, der durch seine ausserordentlich rasche und glatte Heilung ohne Recidive und Metastasen nach der Amputation zeigt, von welcher Bedeutung eine frühzeitige und gründliche Operation für das Leben des Patienten ist. Sechs Monate nach der Amputation konnte ich mich von dem vollständigen Wohlbefinden des Patienten, den ich so glücklich war, von seinem Eintritt in's Spital bis zur Genesung täglich beobachten zu können, überzeugen.

Der Uebersichtlichkeit wegen lasse ich hier sogleich die Krankengeschichte folgen.

Sch., 23 Jahre alt, Zimmermann aus Knetzgau, wurde am 23. November 1881 wegen einer Geschwulst am linken Knie in's Juliusspital aufgenommen.

Anamnese.

In der Familie des Patienten sind ähnliche Leiden, wie bei ihm selbst, nie beobachtet worden. Der Vater starb in einem Alter von 50 Jahren an einem Lungenleiden, die Mutter lebt und ist gesund. Von seinen beiden Brüdern leidet der eine an der Lungenschwindsucht, der andere ist gesund.

Ausser an den Masern war Patient nie in seinem Leben krank.

Im Februar dieses Jahres fiel er auf die äussere Seite des linken Knies, auf die Gegend des äusseren Randes des lig. patellae proprium, ohne sich jedoch durch diesen Fall eine Wunde zuzuziehen. Im Knie fühlte er Schmerzen, die sich jedoch bald wieder verloren.

Mitte April dieses Jahres wollte Patient auf einen Baum klettern. Beim Andrücken der Beine gegen den Stamm verspürte er plötzlich ein Knacken im linken Knie und empfand in demselben so heftige Schmerzen, dass er den Versuch, den Baum zu besteigen, aufgeben musste. Auch dieser Schmerz war bald wieder verschwunden.

Erst im Mai dieses Jahres bemerkte Patient ganz zufällig eine diffuse Schwellung des linken Knies. Anfangs nahm diese Schwellung nur sehr langsam zu, seit dem Juli aber trat rascheres Wachsthum ein. Schmerzen hatte Patient im Kniegelenk nicht, es war auch lange Zeit die Gebrauchsfähigkeit des linken Beines nicht behindert, so dass er noch bis Mitte Oktober schwere Arbeit verrichten konnte. Erst von da ab, als das in der letzten Zeit aufgetretene Gefühl von Spannung und Ziehen im Kniegelenk zunahm, legte er sich zu Bette.

Nachdem bei Gebrauch von verschiedenen Salben und Umschlägen sich keine Besserung einstellte, trat Patient am 23. November 1881 in's Juliusspital ein.

Status praesens.

Patient ist ein gesund und blühend aussehender Mann von kräftigem und muskulösem Körperbau. Er kann, wenn auch mit mässigem Hinken gehen.

Am ganzen Körper, mit Ausnahme des linken Kniegelenks, ist nichts Abnormes nachzuweisen. An den inneren Organen ist kein pathologischer Befund wahrnehmbar. Das Kniegelenk ist stumpfwinklich flectirt, der Oberschenkel stark nach Aussen rotirt und abducirt, so dass er mit der äusseren Fläche auf seiner Unterlage aufliegt. Die ganze Kniegelenkgegend ist stark aufgetrieben. Nach aufwärts reicht die Schwellung etwa handbreit über den oberen Rand der patella hinaus und grenzt sich daselbst halbmondförmig ab. Die Hauptmasse der Geschwulst liegt auf der inneren und vorderen Seite des Gelenks und reicht nach abwärts einige cm. unter die spina tibiae. Die grösste Höhe der Geschwulst befindet sich etwas einwärts in gleicher Höhe mit dem lig. patellae proprium. An der äusseren Seite des Gelenks ist die Schwellung bedeutend flacher; die Haut über der Geschwulst ist stark glänzend und besonders auf der Höhe derselben röthlich blau gefärbt.

Im oberen recessus des Kniegelenks ist ein mässiger Erguss nachzuweisen. Die patella liegt ziemlich frei beweglich nach oben von dem Tumor. Dieser selbst fühlt sich fest, hart und knochenähnlich an, nur an der höchsten Stelle der Geschwulst sieht man eine circumscripte, kaum 2 □ cm grosse, weiche, fluctuirende Partie. Auch gegen die Kniekehle zu fühlt man die Schwellung und Härte sich fortsetzen, allerdings mässig und diffus, ohne dass es möglich wäre, die Grenze genau zu bestimmen, die Kniekehle ist theilweise verstrichen. Die Pulsationen der arteria poplitea sind deutlicher und oberflächlicher fühlbar, als in der Kniekehle des gesunden Beines.

Auch die untere Epiphyse des femur scheint mässig verdickt zu sein. Der grösste Umfang der Geschwulst über der am meisten prominenten Partie beträgt 47 cm., der des gesunden Beines an der entsprechenden Stelle nur 27 cm. Die tibia ist nicht verlängert.

Die Lymphdrüsen des linken Oberschenkels scheinen etwas mehr geschwellt als rechts.

Von der Geschwulst aus ziehen drei deutlich sichtbare subcutane Venenstränge an der Innenseite des Oberschenkels in die Höhe.

Diagnose: Osteosarkoma tibiae.

Patient verweigert anfänglich die ihm vorgeschlagene Amputation, geht aber schliesslich auf dieselbe ein. Sie wird am 1. XII. vorgenommen. Nach gründlicher Reinigung und Desinfection des Operationsfeldes und vertikaler Elevation des Beines wird der elastische Schlauch angelegt. Der Cirkelschnitt wird an der Grenze des oberen und mittleren Drittheils des femur gemacht. Nach Unterbindung sämmtlicher sichtbaren Gefässlumina zeigt sich bei Abnahme des Schlauches eine sehr geringe Blutung. Nach Stillung derselben wird tamponirt. Später spritzen noch zahlreiche kleine Gefässe, die sämmtlich unterbunden werden. Dann folgt sorgfältige Reinigung der Wunde, mit Einlegung dreier Drainröhren starken Kalibers wird dieselbe sorgfältig vernäht. Sublimatgaze wird auf die Wunde und in die Nähe derselben gepackt. Dann wird der Stumpf durch eine Gazebinde mässig comprimirt und nach sorgfältiger Polsterung mit Sublimatwatte der Listermantel mit Beckenstück angelegt.

Section des tumor.

Die Untersuchung des amputirten Beines ergibt:

Am oberen Ende der tibia und fibula sitzt eine Geschwulst, die besonders an der Vorderseite der tibia eine Hervorragung bildet, aber auch freilich in geringerem Masse die Hinterseite derselben umfasst. Der Knorpelüberzug des Gelenkendes des tibia ist erhalten, ebenso die Semilunarknorpel auf beiden Seiten. Die Synovialansätze der tibia sind pannös verdickt. An der vorderen und hinteren Seite wuchern Geschwulstmassen in das Gelenk hinein. Die lig. cruriata sind von der Geschwulst infiltrirt resp. zerstört.

Die Geschwulst reicht bis zum Ansatz an's femur. Das lig. patellae proprium ist infiltrirt und theilwcise verknöchert. Das Fettmark der tibia reicht, wie die Aufsägung des Knochens zeigt, bis an die Grenze des oberen und mittleren Drittheiles. Von da an ist die ganze Markhöhle nach oben verknöchert. Die Geschwulst selbst geht vom Periost aus.

Auf der Corticalschicht des Knochens liegt eine vollständig ossificirte Schicht auf. Dann folgt weiche, von feinen Knochennadeln, die senkrecht zur Oberfläche stehen, durchsetzte Geschwulstmasse, auf diese folgt nach aussen hin zartes, spärliche Knochennadeln enthaltendes Sarkomgewebe, welches an der Oberfläche in cystische von Blutcoagulis und weichen Sarkommassen erfüllte Hohlräume übergeht.

Nach aussen hin ist die Geschwulst durch eine ziemlich derbe fibröse Bindegewebskapsel abgegrenzt, mit Ausnahme von der Stelle, wo der tibialis anticus und die Extensoren ihren Ausgang von der Geschwulst nehmen, und die Geschwulst in das Muskelgewebe hineingewuchert zu sein scheint.

Das obere Ende der fibula ist zwingenförmig von der Geschwulst umfasst, die Gelenkfläche des Knochens ist jedoch frei. Der äussere condylus der tibia ist ebenfalls von Geschwulstmassen umwuchert und die Gelenkfläche frei, der innere infiltrirt und beinahe vollständig zerstört.

Die Gelenkflächen des femur sind gleichfalls von der Geschwulstmasse umfasst, dabei aber selbst frei.

Die mikroskopische Untersuchung der Geschwulst ergibt, dass dieselbe aus den verschiedenartigsten Elementen zusammengesetzt ist. An ihrer Peripherie ist sie von derbem, faserigem Bindegewebe eingeschlossen. Ihre Hauptmasse besteht aus längs und quer verlaufenden Faserzügen, welche aus grossen Spindelzellen mit länglichen grossen Kernen und mehreren Ausläufern am Ende zusammengesetzt sind, welche sich mit den Ausläufern anderer Zellen zu einem Netzwerk verfilzen. An anderen Stellen zeigen sich, rings von den eben genannten Zügen eingeschlossen, Lagen mit grossen Knorpelzellen, welche in Theilung begriffen sind und manchmal mehrere Kerne enthalten. Drittens finden wir auch vollständig ausgebildetes Knochengewebe, welches so angeordnet ist, dass sich in einiger Entfernung um einen Gefässdurchschnitt ein Knochenbogen herumzieht, welcher mit ähnlichen Bälkchen zu einem grossmaschigen Netzwerk zusammenfliesst. Blutgefässe sind in der Geschwulst in reichlicher Menge vorhanden, Riesenzellen nicht zu constatiren. Der Entstehungsort der Geschwulst ist das Periost.

Nach der Amputation fühlt sich Patient wohl, die Narkose hat ihn wenig angegriffen. Die Schmerzen am Stumpf sind unbedeutend. Abendtemperatur 37,3.

2. XII. Verbandwechsel. Morgentemperatur 37,5. Der Verband ist durchfeuchtet. Blutig durchtränktes Sekret zeigt sich an der tiefsten Stelle desselben. Abnahme unter Spray. Die Verbandstoffe sind sehr gleichmässig von den ziemlich stark blutig gefärbten Sekreten durchtränkt. Der Stumpf sieht sehr gut aus, keine Schwellung vorhanden. Die zwei untersten Drainröhren sind frei. Carbollösung ohne jeden Druck in das eine Drain eingegossen, fliesst zum anderen wieder heraus. Das obere Drain ist mit Blutcoageln verstopft, wird entfernt und durch ein dünneres ersetzt. Krüllgaze, leicht comprimirender Verband, Listermantel.

5. XII. Verbandwechsel. Temperatur 37,9 am 3. XII. Abends. Wegen Durchtränkung des Mantels Verbandwechsel. Das obere Drain bleibt weg, die beiden unteren werden durch dünnere ersetzt. Listerverband mit mässigem Druck. Abendtemperatur 38,0. Keine Schmerzen.

8. XII. Verbandwechsel. Ein Theil der Näthe wird entfernt. Da sich aus der mittleren Drainfistel ein Eiterpfröpfchen entleert, wird ein kurzes ganz dünnes Drain eingelegt. Listerverband.

12. XII. Verbandwechsel. Alle Drains werden weggelassen. Nach Entfernung sämmtlicher Näthe klafft die Amputationswunde nirgends, nur die Drainfisteln sind noch offen.

16. XII. Verbandwechsel. Der Listerverband bleibt von heute ab weg. Die Wunde ist bis auf die mittlere Drainöffnung per primam geheilt. Aus dieser entleert sich etwas Eiter und sehen die dieselbe auskleidenden Granulationen schlaff aus. Es macht den Eindruck, als ob in der Tiefe eine Eiterretention vorhanden wäre, doch ist nichts Positives nachzuweisen. Jodoform wird in den Fistelgang eingestreut.

20. XII. Der mittlere Fistelgang hat sich etwas vertieft, der Eiter hat freien Abfluss. Einlage eines Jodoformstiftes, einfacher Verband mit Gaze und weicher Binde.

26. XII. Unter täglichem Verbandwechsel und zeitweiligem Einführen von Jodoformstiften hat sich der noch bestehende Fistelgang fast völlig geschlossen.

3. I. 82. Die Fistel secernirt nur sehr wenig, so dass sie mit einem Heftpflasterstreifen bedeckt werden kann.

7. I. 82. Seit einigen Tagen klagt Patient über heftigere Schmerzen im Amputationsstumpf. Bei Druck entleert sich aus der noch etwas offenen Drainfistel Eiter. Es wird in dieselbe ein Drainrohr eingeführt.

23. I. 82. Schon nach 4 Tagen konnte das Drainrohr weggelassen werden. Die Fistel füllt sich rasch von der Tiefe her mit Granulationen aus. Patient kann heute mit vollkommen erhaltenem Stumpf entlassen werden. Eine heute vorgenommene Untersuchung der Lungen ergibt durchaus keinen Anhaltspunkt für die Annahme von Lungenmetastasen des Sarkoms. Vollkommen normaler Befund der Respirationsorgane.

Ausser diesem zuletzt im Juliusspital zur Behandlung gekommenen Fall von Osteosarkom der langen Röhrenknochen werde ich noch speciell auf zwei ähnliche, ebenfalls in der hiesigen chirurgischen Klinik beobachtete Fälle eingehen, die mir durch ihre klinischen Eigenschaften der Erwähnung werth scheinen. Da die Krankengeschichte derselben in mancher Beziehung Aehnlichkeit mit dem eben besprochenen Fall bietet, werde ich mich darauf beschränken, die wichtigsten Punkte in denselben an gelegener Stelle zu erwähnen.

Der erste dieser beiden Fälle betrifft die 12jährige Auguste E. aus Effenfeld, die wegen eines Osteosarkoms des femur, das von der epiphyse des Knochens ausging, am 27. X. 79 in's Juliusspital eintrat und dort am 7. XI. eben unter dem trochanter amputirt wurde. Die Wunde heilte nach ungefähr 20 Tagen per primam. Sie musste dann aber wegen Erkrankung der Lungen auf die medicinische Klinik transferirt werden, wo sie nach einigen Wochen starb. Die Section ergab metastatische Sarkomknoten in den Lungen. An der Narbe des Amputationsstumpfes zeigte sich eine aus der Sägefläche hervorwuchernde Neubildung, die dieselbe Struktur hatte, wie die primäre Geschwulst.

Der zweite Fall ist der einundzwanzigjährige Oekonom Alois F. aus Niedenberg. Er wurde wegen eines Osteosarkoms, das von der unteren epiphyse des femur ausging und auf das Kniegelenk und die tibia übergegriffen hatte, am 14. VII. 78 aufgenommen und am 17. VII. die amputatio femoris ausgeführt. Nachdem die Wunde per primam geheilt war, brach plötzlich nach 14 Tagen die Narbe wieder auf, er erkrankte am Hospitalbrand, genas aber wieder und trat am 1. IX. 78 aus.

Ueber einen dritten Fall von Osteosarkom des femur aus der hiesigen Klinik kann ich leider Nichts berichten, da es mir unmöglich war, Näheres über denselben zu erfahren. Er ging nach einigen Wochen an multiplen Metastasen zu Grunde.

Ueberblicken wir kurz unseren Fall, so finden wir bei einem jungen Mann im blühendsten Lebensalter einen bis auf die höchste Stelle, welche Fluctuation zeigt, harten, festen, unbeweglich auf der tibia aufsitzenden Tumor, für den sich als ätiologisches Moment einzig und allein eine zweimalige geringfügige Verletzung des Knies anführen lässt. Die Geschwulst ist anfangs langsam, dann schneller gewachsen, ohne Fieber und besondere Schmerzen bei vortrefflichem Allgemeinbefinden des Patienten. Erst in der letzten Zeit hat er das Bett gehütet, kann jedoch, wenn auch etwas unbehülflich, gehen. Alle diese einzelnen Momente zusammengenommen bieten ein so deutliches Bild eines Osteosarkom, dass jede andere Diagnose ausgeschlossen werden muss.

Nicht immer jedoch findet man so viele Anhaltspunkte wie hier, in weniger gut entwickelten Fällen sind sowohl centrale, wie peripherische Osteosarkome selbst von den erfahrensten Chirurgen mit anderen Knochengeschwülsten oft genug verwechselt worden, namentlich mit Enchondromen, Aneurysmen, Tumor albus, aber auch mit syphilitischen Knochengeschwülsten, subperiostalen Abscessen und Osteomyelitis. Von den letzten drei Erkrankungen lässt sich das Sarkom am leichtesten unterscheiden.

Bei einem subperiostalen Abscess ist immer Fieber vorhanden, die Haut geröthet und man fühlt deutlich Fluctuation, die sich bei Sarkom immer erst verhältnissmässig spät nachweisen lässt. Am besten und leichtesten gibt eine Probepunktion über die Diagnose Aufschluss. Erhält man aus der punktirten Geschwulst Eiter, worauf Schwellung und Fieber abnimmt, so hat man es jedenfalls mit einem Abscess zu thun, fliesst jedoch Blut aus, so ist es höchst wahrscheinlich ein Sarkom. Die Diagnose wird noch gesicherter, wenn nach der Punktion Temperatursteigerung und lokale Entzündung an der durch den Einstich verletzten Stelle der Geschwulst eintritt, da Sarkome gegen jede Verletzung ausserordentlich empfindlich zu sein pflegen.

Ob eine Knochengeschwulst etwa von Syphilis herrührt, wird man in den meisten Fällen schon durch die Anamnese feststellen können, oder sollte der Patient, den man im Verdacht derselben hat, läugnen, jemals inficirt worden zu sein, so kann man sich durch die Einleitung einer antisyphilitischen Behandlung gewiss Aufschluss verschaffen. Geht die Geschwulst dann zurück, so wird die Diagnose auf Syphilis jedenfalls gesichert sein, hilft diese Behandlung dagegen nicht, so muss man an eine sonstige

Knochenneubildung denken. Abgesehen von dieser Art und Weise, sich über die Diagnose klar zu werden, wird man bei einer syphilitischen Knochenerkrankung in der Regel Zeichen der Lues an anderen besonders dazu disponirten Körpertheilen, an den Genitalien, dem weichen Gaumen, dem Kehlkopf, der Haut u. s. w. fast immer mit Sicherheit nachweisen können.

Auch die Differentialdiagnose zwischen Osteomyelitis und Osteosarkom bietet wenigstens nicht viel Schwierigkeiten dar. Tritt bei der ersteren Krankheit Geschwulstbildung ein, so werden fast immer die benachbarten Weichtheile in Mitleidenschaft gezogen und schwellen an. Ausserdem besteht bei Osteomyelitis stets hohes Fieber und starke Schmerzhaftigkeit des erkrankten Knochens. Dagegen beginnt das Sarkom in der Regel schleichend, Fieber fehlt, wenigstens im Anfang der Krankheit fast immer, und Schmerzen sind in der Hälfte aller Fälle nicht vorhanden.

Im Gegensatz zu den vorigen Erkrankungen, welche im Ganzen ziemlich leicht von dem Osteosarkom zu unterscheiden sind, sind Verwechslungen mit Aneurysma, Tumor albus und Enchondrom oft gar zu leicht möglich.

Das Aneurysma der Knochen, welches übrigens von vielen Forschern, so von *Virchow*, *Laudi* und *Broca* als solches gar nicht anerkannt wird, kann, wenn es für ein Sarkom gehalten und demnach behandelt wird, oft furchtbare Folgen für das Leben des Patienten nach sich ziehen. In seiner im Jahre 1879 in den Medical Sciences erschienenen Abhandlung über die Sarkome der langen Knochen macht *Gross* besonders auf diesen Punkt aufmerksam. Unter hundertfünfundsechzig von ihm mit der grössten Sorgfalt und Gewissenhaftigkeit durchgearbeiteten Fällen hat er vier Fälle von Osteosarkom gefunden, welche durch vorhandene Pulsation den Verdacht auf Aneurysma rege machten. Doch gibt er zu, dass in den meisten pulsirenden Sarkomen kein Geräusch zu hören ist, oder wenn dieses der Fall sein sollte, dasselbe doch nie so laut und blasend sein kann, als man es beim Aneurysma findet. Ausserdem

führt er als besonders bedeutendes diagnostisches Moment
an, dass bei einem Sarkom nie im Beginn der Erkrankung
Pulsation zu bemerken ist, beim Aneurysma dagegen von
Anfang an besteht. Im ersteren Fall zeigt sie sich erst,
wenn die Geschwulst rasch zu wachsen anfängt. Auch ist
das Aneurysma im Verhältniss zum Sarkom sehr selten
und kommt vor dem dreissigsten Lebensjahr fast nie vor,
während zwei Drittel aller Fälle von Osteosarkom vor
dieser Zeit auftreten. Endlich muss man noch besonders
den Sitz der Geschwulst ins Auge fassen. Es ist sehr unwahrscheinlich, dass man ein Aneurysma vor sich hat,
wenn der Tumor nicht in der Nähe eines grösseren Blut-
gefässes sitzt. In solchem Fall kann man wahrscheinlich
die Diagnose auf Sarkom stellen.

Tumor albus führt leicht zu Irrthümern, wenn das
Gelenk zerstört ist und fungöse Massen das Innere desselben
erfüllen. Auch für die Differentialdiagnose zwischen Sarkom und Tumor albus verdanken wir *Gross*, der in seiner
Abhandlung gerade die klinischen Verhältnisse besonders
berücksichtigt, sehr werthvolle Anhaltspunkte. Manchmal
können die Symptome so verwickelte sein, dass man ohne
Probeincision nicht im Stande ist, sich über die Diagnose
klar zu werden. Glücklicherweise kann uns schon die
Anamnese in den meisten Fällen auf die richtige Diagnose
hinleiten. In der Regel sind die Patienten mit fungös tu-
berkulösen Gelenkentzündungen aus Familien, in welchen
schon mehrfach Lungenphthise zur Beobachtung gekommen
ist, haben in ihrer Kindheit an Scrophulose gelitten, sind
schwächlich gebaut und anämisch. In manchen Fällen kann
man eine tuberkulöse Erkrankung anderer Gelenke oder
der Lungen nachweisen und damit die Diagnose Tumor
albus ziemlich sicher stellen. Die Schwellung hat meistens
mit Schmerzen begonnen, die immer heftiger und heftiger
wurden und sich zuletzt so steigerten, dass die Patienten
keine Ruhe mehr finden können. Dabei ist immer hohes
Fieber vorhanden. Das Gelenk selbst ist steif, die Beweg-
ungsfähigkeit desselben oft ganz aufgehoben, oder, wenn

eine Bewegung noch möglich ist, werden durch dieselbe die Schmerzen so gesteigert, dass der Kranke das Glied nicht gebraucht, sondern möglichst ruhig hält. Pulsation findet man bei Tumor albus nie. Leicht kann zu einer Vewechslung mit einem centralen Osteosarkom das pergamentartige Knittern führen, welches man durch Streichen mit der Hand erzeugen kann, und das gleichfalls bei den centralen Osteosarkomen beobachtet wird, wenn die durch die nachwuchernde Geschwulst verdrängte Knochenschale sehr dünn wird. Beim Punktiren der Geschwulst fliesst niemals reines Blut aus, wie bei der Verletzung eines Sarkoms, sondern stets ein dünner schlechter Eiter, dem höchstens etwas Blut aus den verletzten Geweben beigemengt ist.

Dagegen sind die Patienten, welche an einem Osteosarkom leiden, meistens gesunde kräftige junge Leute, deren ganzes Aussehen den Verdacht auf eine tuberkulöse Erkrankung sehr unwahrscheinlich macht. Fieber fehlt in den meisten Fällen, ebenso die Schmerzen, oder, wenn sie vorhanden sind, steigern sie sich doch nie zu einer so unerträglichen Heftigkeit, wie bei den fungösen Gelenkentzündungen. Dabei ist die Beweglichkeit des Gelenks, wenn auch beschränkt, doch fast nie ganz aufgehoben, der Kranke kann mit einem Osteosarkom der unteren Extremität noch längere Zeit leidlich gehen, wie unser Fall zeigt. Wenn der erkrankte Knochen fracturirt, so kann man mit ziemlicher Sicherheit auf ein Osteosarkom rechnen, da secundäre Knochenbrüche bei dieser Geschwulst verhältnissmässig häufig, bei Tumor albus dagegen selten beobachtet werden. Von besonderem Werth für die Diagnose ist endlich noch der Erfolg der ärztlichen Behandlung. Bei Tumor albus pflegen Extension und leichte gleichmässige Compression des erkrankten Gelenks sehr günstig zu wirken. Die Schmerzen werden geringer, und die Patienten fühlen sich behaglicher dabei. Die Schwellung selbst wird unter dieser Behandlung oft wenigstens zeitweise vermindert. Dagegen bringen Druck und Extension bei einem Osteosarkom nicht nur keine Linderung der Schmerzen, hindern das

Wachsthum der Geschwulst durchaus nicht, sondern befördern dasselbe nach *Gilette* und *Poinsot* sogar durch Stauung im venösen Kreislauf.

Endlich können diejenigen Osteosarkome, in denen noch keine grossen Erweichungsheerde durch fettige Degeneration und Bildung von Blutcysten entstanden sind, oft leicht mit Enchondromen verwechselt werden, in manchen Fällen kann man sogar nur eine Wahrscheinlichkeitsdiagnose stellen. *Lücke*[1]) bemerkt mit Recht, dass bei der Entscheidung, ob Osteosarkom, ob Enchondrom, von besonderer diagnostischer Bedeutung erstens die Art des Wachsthums der Geschwulst, und zweitens das Alter des Patienten sei. Von vorne herein müsse man alle schnell wachsenden Tumoren als Sarkome ansprechen. Ebenso spreche jugendliches Alter des Patienten zu Gunsten des Sarkoms, da nach dem vierzigsten Lebensjahr das Vorkommen desselben verhältnissmässig selten ist. Auf diese Weise hat er freilich die beiden Hauptmomente, welche sich für das Vorhandensein eines Sarkoms anführen lassen, sehr treffend hervorgehoben, dabei aber meiner Ansicht nach eine Anzahl von Punkten, von denen die meisten freilich erst in zweiter Linie in Frage kommen können, gänzlich ausser Acht gelassen. Auch bei der Differentialdiagnose des Sarkoms und Enchondroms hat *Gross* wieder mit ausserordentlicher Sorgfalt möglichst die einzelnen klinischen Unterschiede zwischen beiden Geschwulstgruppen festzustellen gesucht. Freilich darf man nicht die ganze Reihe der Osteosarkome mit der der Enchondrome vergleichen, sondern muss bei beiden ihren Ursprung berücksichtigen, ob sie vom Knochenmark, oder vom Periost ihren Ausgang genommen haben. Die klinischen Verhältnisse stellen sich für die centralen Geschwülste beider Gruppen bei weitem anders als für die peripherischen. Rasches Wachsthum und Auftreten in früherem Lebensalter ist freilich für beide Sarkome gegenüber den Enchondromen charakteristisch.

---

[1]) *Lücke*, Geschwülste § 198.

Sonst aber zeigen die centralen Geschwülste von mehreren klinischen Gesichtspunkten aus eine gerade entgegengesetzte Natur, als die peripherischen derselben Gruppe.

Betrachten wir zunächst die centralen Sarkome und Enchondrome, so haben wir als nächst wichtigsten Anhaltspunkt für die Diagnose, die bei weitem geringere Häufigkeit der letzteren Geschwülste. Sie sind mehr als vier Mal seltener, als die aus dem Mark hervorgehenden Sarkome. Sie haben keine so glatte Oberfläche, sind gebuckelter und höckeriger, während diese Erscheinung bei den Osteosarkomen nur dann beobachtet wird, wenn ihre Kapsel perforirt ist und Geschwulstmassen über dieselbe hinauswuchern. Dabei pulsiren die centralen Enchondrome niemals, werden bedeutend grösser als die Osteosarkome, machen keine Metastasen und dringen nie in das Gelenk ein.

Während die centralen Osteosarkome viel häufiger vorkommen, als die betreffenden Enchondrome, ist es bei den peripherischen Geschwülsten gerade umgekehrt. Nach *Gross* sind 86% aller Knochengeschwülste, welche vom Periost ausgehen, Enchondrome, während nicht einmal die Hälfte aller Osteosarkome periostale sind. Wie die centralen Enchondrome zeigen auch die peripherischen niemals Pulsation, wuchern nie in's Gelenk und sind in mehr als ein Drittel aller Fälle multipel.

Die soeben gemachte Betrachtung der beiden centralen und peripherischen Geschwülste zeigt, dass zwischen beiden Sarkomarten Unterschiede bestehen, welche in klinischer Beziehung sowohl für die Diagnose, wie für die Prognose grosse Bedeutung gewinnen können.

Die Trennung der Knochengeschwülste in solche, welche vom Knochenmark und solche, welche von der inneren Fläche des Periosts ihren Ausgang nehmen, wurde schon zu Anfang dieses Jahrhunderts, als der Name Osteosarkom noch gar nicht existirte, von *Astley Cooper* [1]) gemacht. Er

---

[1]) Cooper and Travers. Surgical essays Lond. 1818. P. J. p. 155, 165, 180.

ging nur in einem Punkt zu weit, indem er die centralen Exostosen, unter welchem Namen er sämmtliche hier in Frage kommenden Geschwülste zusammenfasste, nicht nur aus dem Mark hervorgehen, sondern sich auch lediglich auf Kosten desselben entwickeln liess. Diese letzte Behauptung ist durch *Virchow* [1]) widerlegt, welcher nachweist, dass wenn auch das Mark der Ausgangspunkt des centralen Osteosarkoms ist, doch schon in allerfrühester Zeit das benachbarte Knochengewebe in Mitleidenschaft gezogen wird, und Fälle vorkommen, welche der eine Beobachter als myelogene, wie *Virchow* sie nennt. der andere als periostale betrachtet, da entwickeltere Sarkome der letzteren Art fast stets in die Markräume übergreifen, so dass es dann schwer wird, sie von den centralen Geschwülsten zu unterscheiden. So war in unserem Fall die ganze Markhöhle des oberen Drittels der tibia verknöchert.

Doch gibt es in der Regel verschiedene Anhaltspunkte, welche eine genaue klinische Diagnose ermöglichen.

Meistens zeigen die centralen Osteosarkome eine kugelrunde Form, indem die wuchernde Geschwulst den über ihr liegenden Knochen nach allen Seiten hin gleichmässig auftreibt. Wenn das Sarkom nicht zu rasch wächst, kann sich die Knochenkapsel manchmal lange erhalten, weil vom Periost aus neue Knochenauflagerung erfolgt, während von innen die Geschwulst den Knochen zerstört. Meistens schreitet aber an der Peripherie die Knochenneubildung nicht so schnell vor, als im Innern die sarkomatöse Infiltration und Zerstörung um sich greift. Die Kapsel wird allmählig dünner und biegsamer und lässt beim Andrücken des Fingers das „Pergamentknittern" hören. Endlich widersteht sie nicht mehr der nachdringenden Geschwulst, wird durchbrochen, und es bildet sich nun an der Perforationsstelle eine nachgiebigere Bindegewebsmembran. So findet man nach *Gross* in den meisten grösseren centralen Osteosarkomen die Kapsel theils knöchern, theils häutig. Wächst

---

[1]) *Virchow*. Geschwülste, Bd. III, S. 295.

die Geschwulst sehr schnell, so kann ihre Oberfläche uneben und höckerig werden. Doch ist dies weit seltener, als bei den periostalen Formen der Fall.

Die Letzteren besitzen niemals eine knöcherne Kapsel, sondern werden nur von einer Bindegewebshülle umgeben. Ihre Gestalt ist selten rund, meistens länglich oval, ihre Oberfläche ist in mehr als der Hälfte aller Fälle glatt, kann jedoch auch uneben sein und wird dieses, wie schon erwähnt, häufiger als bei den centralen Geschwülsten beobachtet. Einen wenn auch schwachen Anhaltspunkt fär die Diagnose geben endlich noch das nach *Gross* um 18 %0 seltenere Vorkommen der periostalen Sarkome und das etwas jugendlichere Alter des Patienten. Er gibt für das Auftreten der peripherischen Geschwülste als Durchschnittsalter $22^1/_2$, für die centralen 27 Jahr an.

In unserem Fall, der als periostales Osteosarkom diagnosticirt wurde, war es nicht leicht ein Urtheil zu fällen. Für eine peripherische Geschwulst sprach die länglichovale Form und das Alter des Patienten, für eine centrale die knochenartige Härte verbunden mit der an der höchsten Stelle fühlbaren Fluctuation, da die aus dem Mark hervorgehenden Osteosarkome besonders zu Erweichung disponiren. Trotzdem wurde die Diagnose auf periostales Osteosarkom festgehalten, und die Richtigkeit derselben später durch die Autopsie constatirt.

Da es Zweck meiner Abhandlung ist, hauptsächlich die klinischen Eigenschaften der Osteosarkome zu besprechen, so will ich mich darauf beschränken, in Kürze den histiologischen Bau derselben zu betrachten. Man findet bei ihrer mikroskopischen Untersuchung in einer mehr oder weniger grossen Masse von Intercellularsubstanz drei Formen von Zellen, Rund-, Spindel- und Riesenzellen. Die ersten beiden trifft man sowohl in centralen wie in periostalen Geschwülsten an. Riesenzellen dagegen hat man nur in centralen Sarkomen in grösserer Menge gefunden, in periostalen sind sie sehr selten und kommen, wenn sie wirklich vorhanden sind, nur vereinzelt vor. Aber auch die centralen Riesenzellengeschwüste enthalten immer noch eine grössere Menge der anderen Elemente. Ueberhaupt trifft man selten ein Sarkom, welches nur eine Zellenform enthält. So enthält ein Spindelzellensarkom fast immer auch Rundzellen und umgekehrt.

Der Tumor unseres Patienten war ein reines periostales Spindelzellensarkom, welches, trotzdem die einzelnen Präparate verschiedenen Theilen der Geschwulst entnommen waren, nirgends Rund- oder gar Riesenzellen enthielt.

Bei den beiden anderen Fällen aus der hiesigen Klinik fehlen leider alle Nachrichten über den Bau der Geschwulst.

Von diesen verschiedenen Formen des Osteosarkoms kommt das Riesenzellige am häufigsten vor. Es bildet 42 % aller Osteosarkome, wie *Gross* aus der Zusammenstellung von 171 Fällen ermittelt hat. Von diesen waren

> 76 centrale Riesenzellensarkome,
> 45 periostale Osteoidsarkome,
> 16 centrale Spindelzellensarkome,
> 13 periostale Rundzellensarkome,
> 12 centrale Rundzellensarkome,
> 9 periostale Spindelzellensarkome.

Wir sehen, dass nächst dem centralen Riesenzellensarkom am häufigsten das sogenannte periostale Osteoidsarkom ist, welches erst durch *Virchows* und *Volkmanns* Bemühungen am spätesten unter die Sarkome eingereiht ist. Die deutschen Gelehrten haben es jetzt auch fast allgemein als solches anerkannt, ausländische Autoren geben ihm aber noch immer die verschiedensten Namen, so Knochenkrebs, ossificirendes Enchondrom von *Cornil* und *Ranvier*, ja *Broca* beschreibt es sogar als periostale Exostose, welche sich aus krebsiger Grundlage entwickelt. Es kann aus Rund- und Spindelzellen bestehen, doch hat *Gross* nachgewiesen, dass die letzteren drei mal häufiger dasselbe zusammensetzen, als die ersteren. Das Bedürfniss, diese Grnppe, welche sich in ihren zelligen Elementen durchaus nicht von den anderen periostalen Formen unterscheidet, abzutrennen, entsprang aus der Eigenthümlichkeit des peripherischen Osteosarkoms, in der Geschwulstmasse neues Knorpel- und Knochengewebe zu bilden, während die centralen Geschwülste weich bleiben und gerne fettig degeneriren. Unser Fall stellt ein typisches Osteoidsarkom dar. Der Durchschnitt durch die Geschwulst zeigt Knochennadeln, welche vom Centrum gegen die Peripherie hin radiär ausstrahlen. Die inneren Schichten sind derber und solider, die Knochennadeln nahe an einander gerückt, während nach der Oberfläche der Geschwulst zu die Knochenneubildung noch nicht so weit vorgeschritten ist, die Nadeln sind spärlicher und zarter, als im Innern. In dieser radiären Richtung sind freilich die Knochentheilchen am häufigsten angeordnet, doch findet man auch Osteoidsarkome, in welchen das neue Knochengewebe in kurzen dicken Vegetationen sich auflagert, oder die ganze Geschwulst kann aus einem maschigen Netzwerk bestehen und fast wie ein spongiöser Knochen aussehen. In sehr seltenen Fällen kann der Knochen hart und glänzend wie Elfenbein werden. Knorpelbildung, die sich in unserer Geschwulst fand, wird im Ganzen selten beobachtet. *Lücke* [1]) betrachtet dieselbe als etwas Aehnliches, wie die Knorpelbildung bei einer Fractur, ehe die definitive Verknöcherung des Callus eintritt.

Im Allgemeinen zeigen die centralen Geschwülste gerade umgekehrt eine auffallende Disposition zur Erweichung; besonders in den ältesten Theilen des Tumor beginnt das reich mit Blutgefässen versorgte Gewebe zu verfetten, es wird resorbirt und an seine Stelle treten zahlreiche grössere und kleinere Hohlräume, welche mit flüssigem und halbgeronnenem Blut und Fetzen degenerirenden Sarkomgewebes gefüllt sind. Doch werden auch in fast allen periostalen Sarkomen grössere und kleinere Cysten gefunden. In allen drei hier zur Beobachtung gekommenen Fällen waren dieselben vorhanden, bei dem 12jährigen Mädchen sogar eine sehr beträchtliche, aus der bei einer Probepunktion mehr als $\frac{1}{4}$ Liter Blut entleert wurde.

---

[1]) *Lücke*, Geschwülste § 195, S. 198.

Von den langen Röhrenknochen scheinen die der unteren Extremitäten von den Sarkomen besonders bevorzugt zu werden. In 76 % aller von *Gross* beobachteten Fälle waren femur tibia und fibula von der Krankheit ergriffen. An der oberen Extremität ist besonders der humerus Lieblingssitz des Sarkoms. Die Sarkome befallen denselben vier Mal häufiger als ulna und radius, dagegen $2^1/_2$ Mal seltener als die Knochen der unteren Extremität.

Alle Beobachter pflegen auf eine Thatsache aufmerksam zu machen, für welche uns bis jetzt noch jede Erklärung fehlt, es ist das besonders häufige Vorkommen der peripherischen Osteosarkome an den Diaphysen der langen Knochen, während die centralen Geschwülste in ziemlich gleichem Verhältniss epiphysen und diaphysen zu besetzen pflegen. Unser Fall macht demnach eine Ausnahme von der Regel.

Sehr charakteristisch für die Sarkome ist ihre geringe Neigung, in das benachbarte Gelenk einzudringen. Dasselbe pflegt noch lange intact zu bleiben, und erkrankt erst, wenn die Geschwulst sehr gross geworden ist. In unserem Fall war der Knorpelüberzug des Gelenkendes der tibia und die Semilunarknorpel nach beinahe $^3/_4$ Jahren noch vollständig erhalten. Die fibula war beinahe wallartig von Sarkommassen umfasst, ohne selbst gelitten zu haben. Aber vorne und hinten fing die Geschwulst bereits an, in's Gelenk zu dringen, und hatte von den lig. cruciata schon Besitz genommen.

Das Sarkom des geheilten F durchsetzte den ganzen unteren Theil des femur bis auf den knorpligen Ueberzug, war dann auf die lig. cruciata übergegangen und hatte sich noch 1—2 cm weit in die Substanz derselben fortgesetzt.

Ueber die Section des dritten Osteosarkoms wird nichts berichtet.

Das seltene Erkranken der Gelenkknorpel lässt sich wohl nicht anders erklären, als dass das Sarkom, welches bei seinem raschen Wachsthum einen reichen saftigen Boden haben muss, in den gefässarmen Gelenkknorpeln die zu seiner Entwicklung nöthige Nahrung nicht findet.

Die Gefahren, welche ein Osteosarkom für das Leben des Patienten mit sich bringt, entstehen durch Uebergreifen der Geschwulst über seine Kapsel in die Nachbargewebe und durch die Allgemeininfection.

Die geringere Resistenz der Kapsel der periostalen Osteosarkome ist mit ein Grund für ihre Malignität. So lange die Kapsel der Geschwulst noch erhalten ist, ist der Einfluss derselben auf die umliegenden Gewebe nur ein rein mechanischer. Die in der Nähe befindlichen Muskeln, Fascien und Gefässe werden durch die Geschwulst bei Seite gedrängt, die Haut gedehnt, geröthet, ja sogar ulcerirt und können auf diese Weise bedeutende Verschiebungen und Zerrungen zu Stande kommen. Hat das Sarkom einmal seine Hülle gesprengt, so verbreitet es sich gewöhnlich mit ausserordentlicher Schnelligkeit weiter, und infiltrirt die benachbarten Muskel und Sehnen. So waren in unserem Fall der tibialis anticus und die Extensoren infiltrirt und die Geschwulst ganz in das Gewebe derselben hineingewuchert. Bei den beiden anderen Fällen wurde nichts Aehnliches beobachtet.

Hat ein Sarkom schon das Nachbargewebe inficirt, so wird die Gefahr einer Allgemeininfection sehr gross, und wird nicht in kurzer Zeit die Amputation des erkrankten Gliedes gemacht, so wird man in der Regel den Kranken nicht mehr vor Metastasen retten können. Besonders häufig sind die Lungen Sitz derselben, so ging das kleine Mädchen an der hiesigen Klinik durch Lungenmetastasen zu Grunde. Nach ihnen erkranken am häufigsten die serösen Häute und die dura mater durch Dissemination.

Eigenthümlich ist bei den Sarkommetastasen, dass dieselben im Gegensatz zu anderen malignen Geschwülsten selten durch die Lymphdrüsen zu erfolgen scheinen. *Pemberton* [1]) fand unter 33 Fällen 11 mal, *Eiselt* unter 50 Fällen

---

[1]) *Virchow*, Geschwülste Bd. III, S. 257.

22 mal die Lymphdrüsen erkrankt. *Gross* behauptet sogar, dass die Lymphwege überhaupt niemals Träger der sarkomatösen Infection seien. In allen Fällen, in welchen er Lymphdrüsenschwellung bemerkt habe, sei dieselbe nach der Operation verschwunden. Man müsse dieselbe deshalb lediglich als einen Reizüngszustand und nicht als eine specifische Infection ansehen. Solche Schwellungen der Lymphdrüsen werden ja auch nach grossen Anstrengungen u. s. w. ohne Infection oft genug beobacbtet und kommt hier die Individualität sehr in Betracht. Die an unseren beiden geheilten Patienten gemachten Beobachtungen stellen *Gross's* Ansicht als sehr wahrscheinlich hin. In beiden Fällen waren die Leistendrüsen geschwellt und gingen nach der Amputation zurück. Jedenfalls der speciell von mir beschriebene Fall spricht sehr für *Gross's* Behauptung. Wenn nach einem Zeitraum von 7 Monaten keine Zeichen von Recidive oder Lungenmetastasen auftreten, so wird man wohl den Patienten als vollständig geheilt ansehen können. Von dem anderen Fall wissen wir leider nicht, was aus ihm nach seiner Entlassung geworden ist.

Wir müssen daher annehmen, dass die metastatische Infection durch das Blut stattfindet. Dafür spricht, dass sich in den meisten Fällen eine Vergrösserung der in der Nähe der Geschwulst verlaufenden Venen einstellt. Bei unserem Fall sah man auf den ersten Blick drei dicke subcutane Venen von der Geschwulst aus an der Innenseite des Oberschenkels heraufsteigen. Auch spricht für die Infection durch das Blut die besonders häufige Erkrankung gerade der Lungen, denen in erster Linie das venöse Blut aus der Geschwulst zugeführt wird.

Als Ursache des Sarkoms wird in den meisten Fällen von den Patienten ein Trauma, Hiebe, Stösse, Fallen, Verrenkungen, Knochenbrüche und Rheumatismus angegeben. Unser Patient gab zweimaligen Fall auf dassslbe Knie als Grund für das Entstehen seines Osteosarkoms an. Aehnlich war es dem zweiten jungen Mann gegangen. Er war vor 7 Jahren gefallen und hatte seit dieser Zeit bei Bewegungen

Schmerzen im Kniegelenk gespürt und zugleich in demselben eine gewisse Steifigkeit bekommen. Bald darauf bemerkte er, dass ein kleines Knötchen an der Aussenseite
des Knies entstand. Dasselbe wuchs sehr langsam, aber
stetig, bis Patient nach 2 Jahren abermals einen Fall that,
nach welchem die Geschwulst rasch zunahm. Das Mädchen
endlich war bei einem Versuch, über einen hohen Garten-
zaun zu springen gefallen, hatte sich am Knie wehe ge-
than und fing bald darauf an etwas zu hinken. Erst als
ihr das Gehen sehr schwer wurde, kam sie in ärztliche
Behandlung und es zeigte sich eine schmerzhafte Geschwulst
über dem rechten Knie.

Bis auf Fractur scheinen alle Verletzungen häufig die
Ursache eines Osteosarkoms zu sein. Unter den vielen
Fällen, die mir zu Gebote standen, habe ich nur in *Gross's*
Arbeit über die Sarkome der langen Knochen zwei Fälle
von Riesenzellensarkom finden können, in denen Fractur
die Ursache des Sarkoms war. *Kusmin* läugnet, dass dasselbe in Folge einer Fractur entstehen könne und behauptet,
dieselbe käme nur secundär bei Osteosarkomen vor, wenn
der erkrankte Knochen durch die Geschwulst arg zerstört
sei. Doch scheint es mir unzweifelhaft, dass Fractur zur
Entwicklung eines Sarkoms Veranlassung geben kann, da
Gross, wie er ausdrücklich bemerkt, nur Fälle benutzt hat,
die er entweder selbst beobachtete, oder von denen er genaue Krankengeschichten hatte, auf welche er sich verlassen
konnte.

Ebenso wie durch einmalige Verletzung entstehen
Sarkome auch nach einem längere Zeit auf eine Stelle
einwirkenden Reiz. Besonders häufig ist dies am Fuss
beobachtet worden. Einen solchen Fall erwähnt *Lücke*[1]),
wo durch unpassende Schuhe eine excoriirte Stelle am Fuss
so gereizt wurde, dass sich auf ihr ein Sarkom entwickelte.
Aehnliche Fälle werden von *Lebert, Rayer* und *Ollivier* mitgetheilt. In einer merkwürdig grossen Anzahl von Fällen

---

[1]) Virchow's Archiv, Bd. XXIV, S. 188, 247 u. 248.

soll Rheumatismus die Entwicklung eines Sarkoms bewirken. In ¹/₆ bis ¹/₈ °/₀ behaupten die Patienten, an der erkrankten Stelle früher an Rheumatismus gelitten zu haben. Einen Fall, in welchem Schwangerschaft einen merkwürdigen Einfluss auf die Entwickelung eines Osteosarkoms ausübte, wird von *Kusmin*[1]) berichtet. 6 Jahre nach einem Fall hatte sich bei einer Frau eine Geschwulst am oberen Theil der ulna und an der Epiphyse des humerus entwickelt, die jedoch, als sie schwanger wurde, wieder verschwand. Nach einem Jahr stiess sie sich wieder, es entstand eine Geschwulst, die als sie abermals schwanger wurde, sich wieder verlor. Nach einem dritten Stoss verschwand sie nicht wieder, sondern wurde während der Schwangerschaft und nach der Geburt grösser. Nach vollzogener Resection erfolgte Heilung. Die Geschwulst war ein centrales Riesenzellensarkom, welches Cysten enthielt.

Die Prognose der Osteosarkome ist, wie die des Sarkoms der Weichtheile meist eine infauste. Für die centralen Geschwülste ist sie freilich bis in die neueste Zeit von manchen Forschern sehr günstig gestellt. So werden die Riesenzellengeschwülste von *Nélaton. Wilks, Forster* und *Gray* nach der Amputation für absolut gutartig und nicht recidivirend erklärt. Jetzt sind aber viele Chirurgen durch trübe Erfahrungen dahin gekommen, ihre Benignität zu läugnen. *Kusmin* sah bei 51 Fällen 11 Recidiven. Aehnlich äussert sich *Gross.* Von 44 operirten Patienten starben 15. Die Beobachtungszeit der übrigen 29 variirte zwischen 3 Monaten und 16¹/₂ Jahren, im Durchschnitt betrug sie also mehr als 4¹/₂ Jahr.

Die periostalen Sarkome dagegen zeigen eine ausgeprägte Malignität, sie ist nach *Gross* um mehr als 43 °/₀ grösser, als bei den centralen Geschwülsten. Dieselbe rührt wohl zum grossen Theil von ihrer verhältnissmässig zarten Bindegewebskapsel her, die der Geschwulst nicht so lange Widerstand leistet als die dicke Knochenschale der cen-

---

[1]) Langenbeck's Archiv f. Chirurgie, S. 330.

tralen Sarkome. Im Allgemeinen gilt ·der von *Virchow* für die Prognose der Sarkome aufgestellte Satz: „Alle kleinzelligen Geschwülste sind gefährlicher, als die grosszelligen. Dabei kommt es durchaus nicht auf die Form der Zellen an, ob sie rund oder spindelförmig sind." Für diesen Satz spricht jedenfalls die verhältnissmässige Gutartigkeit der Riesenzellensarkome.

Für die Prognose muss man natürlich in jedem einzelnen Fall auch den Sitz der Geschwulst berücksichtigen. Die Prognose wird um so schlechter sein, je näher am Rumpf die Geschwulst sitzt und je höher in Folge dessen das erkrankte Glied amputirt werden muss.

Bei der Therapie der Sarkome muss man es sich zur Pflicht machen, so gründlich wie möglich die Geschwulst zu entfernen. Von einer inneren Behandlung ist Nichts zu hoffen, auch die Zerstörung mittelst Causticis kann nur bei Weichtheilsarkomen angewandt werden. Im Ganzen kann es sich bei Behandlung der Geschwulst nur um Resection und Amputation handeln.

Die erstere kann man anwenden, wenn das Sarkom noch ziemlich klein und sehr fest ist, da man dann noch hoffen kann, dass die umliegenden Gewebe nicht mit erkrankt sind. Der Vortheil, den eine Resection namentlich an der oberen Extremität bietet, ist freilich für den Patienten einer Amputation gegenüber ausserordentlich gross, doch kann man sich nie so sicher von der vollständigen Entfernung alles Kranken überzeugen, als bei der letzteren Operation. Von *Langenbeck* werden mehrere Resectionen der ulna und des radius mitgetheilt, welche bei guter Brauchbarkeit des Arms und der Hand vollständig zur Heilung kamen [1]).

An der unteren Extremität wird es immer das Beste sein, die Amputation vorzunehmen. Um sicher zu sein' dass man in vollständig gesundem Gewebe operirt, darf man den Hautschnitt ja nicht zu nahe über der Geschwulst

---

[1]) Langenbeck's Archiv, Bd. XXI p. 329 u. 333.

máchen, sondern wenigstens eine Handbreit von ihr entfernt. Wenn man frühzeitig genug amputirt und die Operation sorgfältig und gründlich ausführt, kann man, wie die in der hiesigen Klinik geheilten Fälle beweisen, mit ziemlicher Sicherheit auf gute Resultate rechnen.

Zum Schluss ergreife ich mit Freuden die Gelegenheit, meinem hochverehrten Lehrer, Herrn Professor *v. Bergmann*, für die gütige Ueberlassung des klinischen Materials und die freundliche Unterstützung durch Angabe der einschlägigen Literatur meinen tiefsten Dank auszusprechen. Ebenso fühle ich mich gedrungen den Herren Dr. *Weber* und Dr. *Sattler* für ihre gütige Hülfe herzlich zu danken.